Nouvelles histoires zen

de Dominique Tellier
illustré par Sébastien Pelon

MILAN

Le renard

ཝ་མོ་

Petit-Lama se promenait sur un chemin. Il rencontra un renard qui s'apprêtait à manger un œuf.

– Qu'est-ce que tu veux ? demanda l'animal.

– Rien, répondit Petit-Lama. Il est joli, cet œuf…

– Il est à moi, fit le renard. Je l'ai pondu cette nuit.

– Est-ce que les renards pondent des œufs ?

– Tu ne le savais pas ?… Tout le monde pond des œufs.

– Quoi, même moi ?

– Même toi, si tu veux.

– Comment il faut faire ? demanda Petit-Lama.

– C'est facile, répondit le renard. Tu t'assieds dans l'herbe, tu fermes les yeux et tu attends.

Petit-Lama avait très envie de pondre un œuf. Il s'assit dans l'herbe, ferma les yeux et attendit. Aussitôt, le renard brisa l'œuf entre ses mâchoires et le dégusta.

Une heure plus tard, une petite poule arriva en trottinant. Elle découvrit la coquille brisée de son œuf et se mit à caqueter.

– Oh, oh ! fit Petit-Lama en l'apercevant. Désolé, je me suis endormi. Tu es déjà sortie !

Les graines

ས་བོན་

Petit-Lama avait trouvé un sachet de graines au fond d'un vieux tiroir. Il décida de les planter pour découvrir quelle plante en sortirait. Il prit une pelle et se mit à creuser dans un coin de la cour.

Soudain, il découvrit le squelette d'un petit animal sous la terre.

– Oh, oh ! fit Petit-Lama. Désolé ! Je ne savais pas qu'il y avait quelqu'un.

– Ce n'est pas grave, répondit le squelette en se dressant sur les os de ses petites pattes. Je n'ai pas souvent de la visite.

– Je ne t'ai pas fait mal au moins ?

– Ne t'inquiète pas, je ne sens plus rien.

Petit-Lama posa sagement la pelle à ses côtés.

– Tu es là depuis longtemps ? demanda-t-il.

Le squelette réfléchit un instant.

– Je ne m'en souviens plus.

– Qu'est-ce que tu fais là-dessous ?

– Rien. C'est facile… Tu veux essayer ?

– Non merci, répondit Petit-Lama. Je suis venu pour planter des graines.

– Je vais t'aider.

Aussitôt, le squelette se mit à creuser la terre avec ses os. Il fit plusieurs petits trous, bien propres et bien alignés.

– Voilà, dit-il, c'est à toi.

– Ça ne te dérange pas, tu es sûr ?

– Au contraire, j'adore les plantes.

Petit-Lama déposa une graine dans chaque trou. Puis le squelette se recouvrit de terre et disparut à son tour.

Quelques jours plus tard, les premières feuilles apparurent. Petit-Lama s'occupa des petites plantes avec soin et les arrosa souvent.

Enfin, un matin, il tira sur une tige. Une belle carotte sortit de terre. Il tira sur la tige suivante, mais il n'y avait rien au bout. Il déterra les autres. Toutes les carottes étaient rongées !

– Je comprends, soupira Petit-Lama. Un lapin reste un lapin.

Le chat

ཞི་མི་

Petit-Lama eut un maître puissant nommé Chu, ce qui, en tibétain, signifie « eau ». Comme l'eau de la rivière devient nuage en été ou glace en hiver, maître Chu avait le pouvoir de se transformer. Il prenait chaque soir une forme différente.

Par exemple, il se transformait en araignée, en chauve-souris, en lézard, en fourmi, et parfois même en table, en pomme ou en oreiller ! Petit-Lama devait faire très attention. Dès que le soleil se couchait, il prenait garde de ne rien toucher, de peur de blesser son maître.

Cette nuit-là, Petit-Lama aperçut une souris trottiner dans sa chambre. Il songea que c'était probablement son maître qui partait en promenade. Hélas ! quelques secondes plus tard, un miaulement sinistre lui parvint de la cuisine. Il sauta du lit et s'y précipita. Le chat du voisin était entré par la fenêtre.

– Sors d'ici ! s'exclama Petit-Lama, apeuré.

Le chat s'immobilisa avec méfiance.

– Allez, sors ! Sors vite ! insista Petit-Lama en tapant dans ses mains.

Mais le chat s'approchait déjà de la chambre.

Petit-Lama, affolé, saisit une casserole et une cuillère en bois et se mit à frapper de toutes ses forces pour l'effrayer. Bang ! Bang ! Bang !

– Laisse mon maître ! File d'ici ! Allez, dehors !

Bang ! Bang ! Bang !

Cette fois, le chat prit la fuite, repassa par la fenêtre et disparut dans la nuit.

Le lendemain matin, Petit-Lama se rendit dans la chambre de maître Chu. Il avait une drôle de tête, toute rouge et couverte de bosses.

– Maître ! Qu'est-ce qui vous est arrivé ?

– Devine, dit le maître.

– Je ne comprends pas… J'ai sauvé la souris !

– Je n'étais pas la souris.

– Oups ! fit Petit-Lama. La casserole…

La montagne

རི་

Il y avait, près de la montagne sur laquelle Petit-Lama habitait, une montagne plus haute encore appelée le « Toit du Monde ». Les gens disaient que, depuis le sommet, le paysage était merveilleux. Petit-Lama rêvait d'y grimper.

Un matin, il se leva avant l'aube, mit quelques provisions dans son sac et alla saluer son maître.

– Ouvre les yeux et sois prudent, dit maître Chu. Tu me raconteras…

Petit-Lama quitta sa cabane et marcha le cœur léger. Le vent caressait les arbres, les oiseaux gazouillaient dans les branches.

Peu à peu, le sentier devint étroit et caillouteux. Petit-Lama devait s'arrêter souvent pour reprendre son souffle. Il aperçut alors un nuage qui venait dans sa direction. Il marcha un peu plus vite. Le nuage s'approchait et grossissait à vue d'œil.

Petit-Lama accéléra encore, sauta de rocher en rocher, et grimpa un peu plus vite. Maintenant, le nuage était sur ses talons. Petit-Lama se mit à courir.

– Attends un peu, s'exclama-t-il, on va voir qui sera le premier arrivé !

Ce soir-là, Petit-Lama revint très tard à la cabane. Ses vêtements étaient déchirés, son visage et ses jambes couverts d'égratignures.

– Alors, demanda maître Chu en le voyant revenir, tu es arrivé sur le « Toit du Monde » ?

– Oui, mais il y avait un nuage.

– Eh bien, raconte !... Qu'est-ce que tu as vu de là-haut ?

– Mes pieds, murmura Petit-Lama.

Le serpent

སྦྲུལ་

Un jour, Petit-Lama se promenait avec son maître dans la forêt. Soudain, un grand serpent surgit de terre et mordit le maître.

– Aïe ! hurla le vieil homme.

– C'est une méchante bête ! s'exclama Petit-Lama en saisissant un bâton.

– Non, laisse-la tranquille. Les chiens aboient. Les serpents mordent. C'est comme ça. Aide-moi plutôt à rentrer…

Le maître s'appuya sur l'épaule de Petit-Lama et se remit en route en boitant. Sitôt arrivé, il s'allongea. Il tremblait de tous ses membres.

– Maître, qu'est-ce que je peux faire ?

– Il n'y a rien à faire, soupira le maître. Si je suis encore en vie demain matin, il n'y aura plus de danger.

Peu à peu, les jambes du maître enflèrent, son cou enfla, ses lèvres devinrent si épaisses qu'il fut incapable de parler. Petit-Lama lui prépara du thé brûlant. Il lui appliqua une serviette humide sur le front. Il serra ses mains dans les siennes toute la nuit. Le maître suait à grosses gouttes et respirait de plus en plus fort. Les heures passaient lentement. La nuit n'en finissait pas.

À l'aube, enfin, il se mit à pleuvoir, et Petit-Lama, épuisé, finit par s'endormir.

Lorsqu'il rouvrit les yeux, le maître était debout, affreusement pâle encore.

– Maître ! Vous êtes vivant !

– Je suis vivant, confirma le maître en ouvrant la porte pour sortir.

– Mais… où allez-vous ?

– Remercier le serpent, expliqua le maître de sa voix douce.

L'oiseau

Un jour, dans la forêt, Petit-Lama trouva un très bel oiseau aux plumes rouge et or. C'était un phénix, un oiseau magique qui s'enflamme lorsqu'il meurt, puis renaît de ses cendres.

L'oiseau se reposait sur un tapis de feuilles. Il était blessé et ne pouvait plus voler. Petit-Lama le prit dans ses bras et le transporta délicatement jusqu'à sa cabane. Il en prit soin, lui donna à manger et à boire, le coucha près de lui dans son lit. Mais l'oiseau faiblissait de jour en jour.

Hélas ! ce qui devait arriver arriva. Une nuit, la cabane de Petit-Lama prit feu. Le vent soufflait. Tout partit en fumée.

Le lendemain, à l'aube, il ne restait rien. Mais, au milieu des cendres, deux oiseaux apparurent. Deux oiseaux magnifiques aux plumes rouge et or.

Ils déployèrent leurs ailes et s'élancèrent ensemble dans le ciel.

Le soldat

དམག་མི་

Un jour, Petit-Lama se promenait dans une ruelle étroite du vieux quartier de Lhassa, la ville sacrée du Tibet. Il tomba nez à nez avec un soldat en uniforme qui poussait un vélo chargé de paquets.

– Pousse-toi de là, microbe ! lui lança le soldat d'un ton méprisant. Tu vois bien que je ne peux pas passer.

– Je ne peux pas passer non plus, rétorqua Petit-Lama.

– Fais ce que je te dis, tu entends ? Sinon, je te réduis en miettes.

– Je ne crois pas. Je suis le plus fort.

– Toi ? ricana le soldat en bombant le torse. Laisse-moi rire…

– Regarde ! s'exclama Petit-Lama en prenant un petit caillou. Je peux soulever cette pierre d'une seule main.

– C'est minable, se moqua le soldat. Regarde ! Moi je peux soulever ce vélo d'une seule main.

– Meeeeeeerci ! fit Petit-Lama en se faufilant dessous.

Le Loup

ཁྱི་སྤྱང་

C’était l’hiver. Un vent glacé soufflait sur la forêt.

Petit-Lama s’était levé tôt pour aller à Lhassa. Il avait marché toute la journée, mais la route était encore longue. Il décida de s’abriter dans une grotte pour la nuit.

Dès qu’il entra, un loup se dressa sur ses pattes.

– Ne reste pas ici, le prévint l’animal.

– Je ne te veux aucun mal, dit Petit-Lama.

– Arrête-toi au prochain village, tu y seras mieux. Ce n’est pas loin…

– Je suis fatigué. Je n'ai plus envie de marcher.

Le loup se coucha et posa la tête sur ses pattes.

– Fais comme tu préfères, dit-il, mais tu pourrais le regretter. J'ai mangé deux ou trois chèvres au village. Les habitants me cherchent et veulent me tuer.

– N'aie pas peur, le rassura Petit-Lama.

Il s'allongea près du loup et s'endormit aussitôt.

Quelques heures plus tard, ils furent réveillés en sursaut. Des chiens aboyaient, des gens criaient et s'agitaient à l'entrée de la grotte.

– Les voilà ! gémit le loup, épouvanté. Ils me cherchent !

Aussitôt, Petit-Lama se changea en chèvre.

– Ne bouge pas, dit-il. Lorsque les villageois me verront, ils te laisseront tranquille.

Il sortit de la grotte.

Les chiens le reniflèrent. Les villageois s'approchèrent et le regardèrent à la lumière de leurs torches.

– Si cette chèvre habite dans la grotte, s'exclama un homme, le loup ne peut pas y être lui aussi. Allons voir plus loin…

Les villageois s'éloignèrent donc d'un pas pressé, et Petit-Lama retourna se mettre à l'abri. Seulement, un loup reste un loup. Dès qu'il entra dans la grotte, le loup se jeta sur lui.

La leçon

འཛིན་གྲ་

Petit-Lama eut un maître sévère appelé Rdo.

Tous les matins, maître Rdo allait s'asseoir dans la cour, le dos bien droit, les yeux fermés, sans dire un mot. Il y restait des heures entières. Pendant ce temps, Petit-Lama rangeait les chambres, puisait de l'eau, passait le balai et préparait les repas.

Un jour, le vent souffla très fort, si fort que les tuiles tombaient du toit jusque dans la cour.

– Maître ! s'écria Petit-Lama. Il faut rentrer. Le vent est trop fort aujourd'hui.

Maître Rdo n'ouvrit même pas les paupières.

– Si tu écoutes ton cœur, répondit-il, le vent ne peut rien contre toi.

Un autre jour, il fit très chaud, si chaud que les oiseaux tombaient du toit, évanouis, jusque dans la cour.

– Maître ! s'écria Petit-Lama. Il faut rentrer. Le soleil est trop fort aujourd'hui.

Maître Rdo n'ouvrit même pas les paupières.

– Si tu écoutes ton cœur, répondit-il, le soleil ne peut rien contre toi.

Une autre fois, il plut très fort, si fort que les escargots, tout étourdis, tombaient du toit jusque dans la cour.

– Maître ! s'écria Petit-Lama. Il faut rentrer. La pluie est trop forte aujourd'hui.

Maître Rdo n'ouvrit même pas les paupières.

– Si tu écoutes ton cœur, répondit-il, la pluie ne peut rien contre toi.

Finalement, Petit-Lama en eut assez des corvées, du balai et de tout le reste, et un jour il alla s'asseoir lui aussi dans la cour. Au bout d'une heure, maître Rdo l'aperçut.

– Que fais-tu ici ? demanda-t-il d'un ton sévère. Rentre et apporte-moi vite mon repas.

Petit-Lama n'ouvrit même pas les paupières.

– Si tu écoutes ton cœur, répondit-il calmement, le maître ne peut rien contre toi.

Le monstre

འདྲེ་

Un jour, Petit-Lama se promenait dans la forêt. Il arriva près d'un bassin de pierre. Personne ne s'en approchait jamais. Les gens disaient qu'un horrible monstre s'y cachait.

Mais Petit-Lama avait soif. Il se pencha au-dessus de l'eau et y plongea les mains.

C'est alors que le monstre surgit des profondeurs.

– Ah, enfin un repas ! rugit-il en agitant son énorme tête de poisson gluant.

– Ah, enfin un ami ! s'exclama Petit-Lama en le serrant tendrement dans ses bras.

C'est bien connu, on ne mange pas ses amis.

Après ce gros câlin, le monstre relâcha sa proie. Et Petit-Lama put continuer sa route.

La mer

རྒྱ་མཚོ་

Petit-Lama eut un maître nommé Jam Po, ce qui, en tibétain, signifie « doux ». Ce nom lui allait très bien, parce qu'il était justement aimable et gentil. Maître Jam Po était aussi très vieux. Très, très vieux.

Un matin, il se leva, posa une main sur l'épaule de Petit-Lama et déclara :

– Je voudrais voir la mer avant de disparaître.

– La mer est très loin, maître, s'étonna Petit-Lama. Il faudra marcher longtemps.

– Alors, partons tout de suite.

Ils se mirent en route le jour même. Un bâton à la main, un sac sur l'épaule, ils franchirent les montagnes, traversèrent les plaines et longèrent le fleuve Brahmapoutre. Ils marchèrent pendant des mois.

Un jour enfin un oiseau blanc apparut dans le ciel. Petit-Lama et son maître arrivèrent sur une plage. Le vent était fort, la mer agitée. Voyant cela, maître Jam Po se mit à rire.

– Maître, pourquoi riez-vous ?

– Regarde ! On dirait nos montagnes recouvertes de neige.

Petit-Lama observa la mer devant lui. Le vent soulevait d'énormes vagues et les coiffait d'écume.

– Ah oui, constata-t-il, c'est vrai. Ça ne servait à rien de venir !

Maître Jam Po s'assit sur le sable.

– Ce qui est important, ce n'est pas l'endroit où l'on va, dit-il, ce sont les pas qu'il faut faire pour y arriver.

Petit-Lama s'assit auprès du maître. Il venait d'apprendre une belle chose. Il sortit une galette et quelques abricots de son sac et les tendit à maître Jam Po. Ils dînèrent en silence, admirant le spectacle, puis s'endormirent.

Le lendemain matin, maître Jam Po avait bel et bien disparu. Petit-Lama eut le cœur serré. Il se leva et prit le chemin du retour, tout seul.

Durant de longues années, Petit-Lama demeura dans les montagnes du Tibet.

Il devint maître à son tour. Les élèves se pressaient pour le voir et pour l'écouter. Peu à peu, lui aussi devint vieux. Très, très vieux. Et à son tour, un jour, il déclara :

– Je voudrais revoir la mer avant de disparaître.

Un bâton à la main, un sac sur l'épaule, il se mit en chemin. Il franchit les montagnes, traversa les plaines et longea le fleuve Brahmapoutre. Il marcha pendant des mois.

Un jour enfin, un couple d'oiseaux blancs apparut dans le ciel, et Petit-Lama arriva sur la plage. La mer était calme.

– Te voilà enfin ! dit une voix dans son dos.

Petit-Lama se retourna et reconnut maître Jam Po, le menton orné d'une fine barbe blanche.

– Maître, vous êtes encore là ! s'exclama-t-il en se jetant dans ses bras.

Aussitôt, Petit-Lama redevint l'enfant qu'il était autrefois.

– Tu vois, dit maître Jam Po, j'aimerais bien revoir nos montagnes maintenant.

– Vous savez, dit Petit-Lama, le Tibet, c'est très loin !

– Mais notre route n'a pas de fin, expliqua maître Jam Po.

– Il faudra marcher longtemps.

– Oui, j'espère bien.

– Alors, allons-y, dit Petit-Lama en souriant.

Retrouvez Petit-Lama
dans d'autres histoires zen

Mise en pages : Corinne Deniel

300, rue Léon-Joulin, 31101 Toulouse Cedex 9 – France
www.editionsmilan.com
Loi 49.956 du 16.07.1949
sur les publications destinées à la jeunesse.
Dépôt légal : 2e trimestre 2014
ISBN : 978-2-7459-6058-0
Imprimé en France par Pollina - L68840B